Edgar Poe

Pierangelo Baratono

Texte et illustration de couverture : © domaine public
Edition : Culturea (Hérault, 34)
Contact : infos@culturea.fr
Retrouvez notre catalogue sur http://culturea.fr
Imprimé en Allemagne par Books on Demand
Design typographique : Derek Murphy
Layout : Reedsy (https://reedsy.com/)

Dépôt légal : janvier 2023

ISBN : 9791041846757

Com'è inzuccherato e salutifero il precetto: La virtù sta nel mezzo! Deve aver nitrito di letizia, puledro su verde praticello, colui che, per il primo, divinò questo rimedio per ogni cruccio, questo succoso impiastro per ogni ferita! Poichè la virtù sta nel mezzo, solo chi rimanga nel mezzo è virtuoso. Magnifico assioma, che libera l'infinito stuolo dei mediocri dalle melanconie dei desiderii vani e dai rodimenti della bile. E non importa che l'umanità, così livellata, diventi grigia moltitudine di formiche in attesa del colpo di scopa della morte e del capitombolo negli abissi del nulla. Non importa che il nostro globo sia qualcosa più di un formicaio appunto perchè, di tempo in tempo, dalle sue viscere nascon creature destinate a sbeffeggiare l'assioma e a mostrare l'inganno della panacea. Di secolo in secolo, la formuletta consolatrice è impiastro alle ferite di una mediocrità tormentata da desiderii inutili e da travasi di bile. E di secolo in secolo, nelle case virtuose, una teca, poggiata sovra un altarino, le serve di scrigno: e fiori di carta la fiancheggiano e ceri accesi le offron tributo di devozione e di fumo.

È così dolce e semplice e facile, la virtù! È così dolce guardare, dal fresco propileo, quell'insolente chiacchierone di Socrate, che s'avvia sereno verso il tribunale e la condanna! È così semplice togliere un pane dalla ricca mensa e porgerlo, condito di sogghigni, all'iroso cipiglio di Dante! È così facile, sorbendo una tazza di camomilla in crocchio di persone morigerate, commentare, fra lazzi e risa, i torbidi amori di Baudelaire, i passi malcerti di Verlaine!

O cara placida virtù, che procedi, avvolta entro un verecondo sudario, verso il sudario definitivo! Lenta cammini, con i piedi ben caldi nelle pantofole imbottite: e ignori gli squassi di chi senta la vita troppo angusta per gli ampii voli dell'immaginazione; e non temi i pericoli, cui muove incontro chi non vada adagio, come fai tu, ma corra e si scagli. Eppure, a volte, qualcosa di simile a un desiderio ti punge gli stinchi pigri e un barlume di pena ti guizza nel cerebro nebbioso e una specie di rimpianto ti gonfia il minuscolo cuore. Non vergognartene, o virtù, poichè questi sono i segni di un destino, al quale tu hai rinunciato per fiacchezza o paura. E i tuoi stinchi e il cuore e il cervello sanno che, nonostante la formuletta, solo all'uomo, fra tutte le creature terrestri, è dato di non morire: ma all'uomo che, spregiando le tue panacee, si avventi, col corpo e con l'anima, verso i rischi e le glorie di una vita eccessiva.

La tua, o virtù, è una fatica di Sisifo. Invano, di secolo in secolo, porgi la tazza della cicuta o il pane dell'elemosina o il dileggio della stoltezza. L'umanità continua a sussistere per gli uomini, che tu hai uccisi col veleno o col sarcasmo. L'umanità non sei tu: è Socrate, è Dante, è Baudelaire. E tu, puritana mediocrità assillata dagli scrupoli e dai timori, sei soltanto la penna, che scrive quei nomi sulle pagine della storia. Rimani, dunque, alla tua comoda finestra, o virtù. E se udrai salir dalla strada la rauca voce di De Musset ebro o vedrai passare Oscar Wilde a braccetto di lord Alfredo Douglas, ridi, ridi forte, ridi liberamente. Così, acqueterai l'uggia, che in fondo in fondo tu provi, di non poter distillare, dalle vinacce delle tue cantine, una Confessione di un figlio del secolo o di non poter raccogliere, dal fango dei tuoi vizi mediocri, una Ballata della prigione di Reading.

Ma tu continui, imperturbabile, a falciar tragiche vittime e a piangere, ipocritamente, sovra le tombe, scavate dalle tue stesse mani. Non pietà nè scrupoli ti trattengono: e il tuo volto terreo che, sovra la fronte sfuggente, mostra impresso l'assioma «La virtù sta nel mezzo», non conosce la porpora della vergogna. E, tuttavia, tu impallidisci se qualcuno, drizzandosi davanti a te e sfidando la tua maligna acredine e il tuo cupo livore, legga i grandi atti di accusa della storia e ti rammenti con voce commossa la nobiltà delle tue vittime e le miserie della loro esistenza.

La nobiltà e le miserie di un Edgar Poe, per esempio.

*

Una comitiva di attori passa, peregrinando di città in città, a traverso gli Stati Uniti d'America. Sono, quelli, gli anni febbrili, in cui un popolo di emigranti e di avventurieri tenta i primi sforzi per imporsi, come una giovine stirpe, alla vecchia Europa. Sul nuovo carro di Tespi, fra gli smunti e tetri compagni, dominan le grazie e trabocca la vivacità di una donna. Al suo fianco sta il marito, David Poe, che rinunciò alla monotona esistenza borghese per divenire un randagio commediante e apportare, nel branco istrionico, la propria melanconica fierezza e un nome, reso illustre dal padre nella guerra per l'indipendenza americana.

Festose accoglienze ha, dovunque, l'attrice. Ma quanta miseria, nella cameretta di Boston, ov'essa, il 19 gennaio 1809, dà alla luce Edgar Poe! Spossata dalle grandi interpretazioni shakespeariane, troppo grevi per la sua fragilità fisica, e dalle studiose vigilie e dalle attese pavide e dalla fugacità dei trionfi e dal perdurare degli stenti, la giovane donna vivrà ancora due anni soltanto: e a lei il marito, etico, sopravvivrà solo per pochi giorni.

Tre bimbi rimangono, privi d'ogni aiuto: e si spegnerebbero anch'essi, nell'inedia e nell'abbandono, se qualche pietoso non intervenisse a raccoglierli e ad ospitarli. Il maggiore d'età, William, dotato di forte ingegno e di accesa fantasia, avrà un'esistenza turbolenta ed avventurosissima, che lo sbalestrerà in ogni parte d'Europa, ma lo farà morire, prematuramente, a ventitre anni. L'ultima, Rosalia, vivrà invece a lungo: fra le penombre e le nebbie di un'ottusità mentale inguaribile. Il secondo, Edgar, soccorso dalla dolce bontà di una donna, è adottato come figlio dal marito di questa, Allan, proprietario di un umil negozio di tabacchi, a Richmond. Cresce, il fanciullo, fra tenere cure e vezzeggiamenti: ma non tarda a mostrar chiaro precoce segno dei proprio cupo destino. Sin da quei primi anni, di fatti, egli ospita, nel fondo dell'anima, il germe della sensibilità e della melanconia, che dovran, poi, stimolarlo alla contemplazione lirica dell'amore e della morte, uniti l'uno all'altra indissolubilmente, e renderlo uguale a Leopardi nell'inspirazione funerea e nel disperato dolore. Una carezza femminea casta e lieve, sfiorando la ricciuta chioma del fanciullo, basta per svegliare la sua

4

impressionabilità e per rivelargli la sorte che, fra le tenebre del futuro, lo attende. Ma la donna, che diede alimento al precoce amore, scende presto Ombra fra ombre. E sul suo sepolcro Edgar si abbandona, ogni notte, agli evanescenti sogni, intessuti di tristezza e di spiritualità, che, più tardi, suggeriranno al poeta La dormiente e Ulalume.

Cresce, egli: ma bizzarro ed eccentrico. E i dileggi dei compagni di studii verso il taciturno permaloso scolaro aumentano la sua irritabilità naturale; e il brusco scioglimento dell'idillio con Sarah Elmira Royster, maritata quasi bimba, dalla sollecita preoccupazione paterna, a un bonomo qualunque, acuisce la sua melanconia.

Dopo aver evitato, per miracolo, un fallimento, Allan, negoziante di tabacchi, eredita d'improvviso i milioni di uno zio. Edgar, a quell'epoca, ha sedici anni: e può, inscrivendosi studente nell'Università di Charlottesville, in Virginia, guardar con occhio sereno un avvenire, che sembrerebbe sgombro di nubi. Sembrerebbe: non è. L'orgoglio di Edgar, di fronte alle incomprensioni maligne degli altri allievi, assume rapidamente le forme di un muto disdegno e gli crea, d'attorno, la solitudine e spinge inesorabilmente la sua tristezza amara a volgersi, onde ottener momentaneo sollievo, verso il subdolo fascinatore Lete del giuoco e dell'alcool. La tragedia di Poe ha inizio in quei giorni, poichè in quei giorni, appunto, egli comincia a conoscere le lenitrici gioie dell'ebrezza.

Beve, sì: ma da barbaro. Così disse, con profonda intuizione di poeta, Carlo Baudelaire. Melanconico per temperamento, privo della divina facoltà della risata ampia e chiara, pronto solo al sorriso dell'umorismo ed agli sghignazzamenti della satira, che sono ancor più dolorosi delle lacrime, Edgar beve in un modo particolare: non come un volgar uomo, cui il vino e i liquori piacciano di per sè stessi, poichè graditi al palato, bensì per gli effetti dell'alcool, che hanno la virtù di alleviare dalle oppressioni della tristezza, dall'incubo delle fantasticherie solitarie, e di aprir l'anima a un respiro, sia pur effimero, di gaiezza libera da ogni peso di ricordi. I bevitori comuni giudican l'alcool un fine, per i varii sapori con cui esso soddisfa il senso del gusto, non un semplice mezzo per cadere temporaneamente a livello degli altri uomini e partecipar, quindi, della lor sciocca, ma riconfortatrice, allegria. I poeti come Poe, invece, devon vincere un'istintiva ripugnanza per accostar le labbra al bicchiere. E bevon da barbari, tracannando il liquido d'un fiato, senza assaporarlo, onde provarne con maggior rapidità gli effetti infernalmente benefici e raggiunger più presto, nell'ebrezza, l'oblio di sè stessi.

Così, Edgar. E un compagno di Università testimonia: «Non era attratto dal sapore del liquido; ma s'impadroniva del bicchiere e, senza neppur sfiorarne con le labbra il contenuto, in un solo sorso lo vuotava.»

Gli scienziati, irrimediabilmente incapaci di addentrarsi nell'anima degli artisti, hanno foggiata una grossa parola: dipsomania; e, appeso questo cartellino al nuovo albero, scoperto nella flora dei vizi dell'umanità, sono andati a dormire contenti come pasque. La dipsomania, essi affermano pomposamente, è ereditaria: quindi, istintiva. O beatissimi voi, poichè ignorate che il bevitore per istinto si trova esattamente agli antipodi del poeta che beve! L'uno facile e lieto avvicina le labbra alla coppa; ma quale penoso sforzo deve compiere l'altro e con quanta gratitudine accoglierebbe chi, iniettandogli nelle vene una sostanza oggi ignota, lo immergesse nell'obliosa letizia prodotta dall'alcool! È questo stesso brivido di raccapriccio di fronte al grossolano succo della vite, è un'uguale trepida speranza, che induce il poeta a tentare altri paradisi artificiali: l'oppio, per esempio. Come indusse Edgar Poe.

Aggiungono, gli scienziati, che il dipsomane è, quasi sempre, sin da fanciullo, un melanconico. O beatissimi voi, poichè non avete saputo, rovesciando i termini, coglier la verità! L'uomo che beve per istinto, il vostro dipsomane, insomma, è, quasi sempre, una faceta persona innamorata dei lazzi sgorganti, tra rosse schiume, dalla stappata bottiglia. Ma il fanciullo melanconico diverrà, domani, un bevitore, non per un imperioso pungolo dell'istinto. Diverrà un bevitore se la sua melanconia di poeta, derivante da una raffinata ed esasperata sensibilità, gli additerà un sol mezzo per abbandonare, di quando in quando, la greve armatura della tristezza: l'alcool.

*

Ma le sregolatezze di Edgar e, sovra tutto, i debiti di giuoco dovevan sembrare intollerabili a un uomo parsimonioso e tranquillo come il buon Allan, Il suo sbalordimento si trasforma, ben presto, in sacra indignazione e questa dà luogo, rapidamente, a un'implacabile collera. E un aspro diverbio tronca, in pari tempo, i rapporti del giovane col padre adottivo e la vita universitaria e le molte speranze. Ormai solo, da ricco ereditiere divenuto improvvisamente povero senza risorse nè appoggi, il diciottenne Edgar si arruola, per vivere, soldato d'artiglieria, a Boston, col nome lievemente modificato di Edgar A. Perry.

Due anni trascorrono. Infine, mercè le pietose insistenze della moglie, il tabaccaio Allan, oggi milionario, concede un benigno perdono e, tanto per dimostrare la propria magnanimità, spalanca all'artigliere volontario le porte della Scuola militare di West-Point. Ma la generosa protettrice muore, il vedovo Allan si affretta a convolare a nuove nozze e a procreare un rampollo legittimo: e, agli occhi di Edgar, l'avvenire si riempie nuovamente di tenebre. Come potrebbe, egli, rassegnarsi a subire più a lungo la rigida disciplina del collegio, che al poeta sognatore nessun'altra via aprirà, se non quella nebbiosa e intollerabile dell'ufficialetto squattrinato? No, qualunque cosa, piuttosto! Piuttosto, la Corte Marziale, che espella dalla Scuola l'allievo reo di ben ventuna assenze all'appello, nel breve spazio di venti giorni, e di rifiuti d'ubbidienza agli ordini superiori. Edgar ha ventidue anni: e, in tasca, un numero assai minore di soldi.

Tenta, egli, di bussare all'uscio di Allan: ma trova i battenti chiusi. E ancora una volta, dopo due anni di miseria atroce, entrerà in quella casa per chiedere il soccorso, che non si nega neanche all'ignoto randagio: ma sarà definitivamente scacciato. Come tremendo è l'odio del pacato borghese, irritato dalle scapataggini altrui e vigilante sovra la propria borsa ben pingue! E come feroce fu la vendetta del virtuoso tabaccaio, offeso dai debiti di un poeta! Morì, di fatti, Allan, e lasciò due milioni alla famiglia: ma, al figlio adottivo, neppure mezzo baiocco.

Passano, nell'ombra, anni di povertà completa. Una modesta pensione di Baltimora ha accolto Edgar, salvandolo dalla fame. È diretta dalla zia Clemm, la paziente «più che madre»: ed offre al giovane non solo ospitalità, bensì anche i sorrisi e le fanciullesche carezze e i conforti della cugina Virginia, dolce creatura, nelle cui piccole mani già si trova racchiuso il grande trepido cuor del poeta. Tempo di oscurità e di miseria, ma di serena letizia, durante il quale Edgar, trovata la fanciulla degna del suo amore così spirituale, può acquetare un poco l'anima oppressa dal tormento di sapersi inesorabilmente confinata fra le muraglie di un orgoglio, cui nessuno sfocio è permesso.

Ma ecco, improvvisa, giungere la fortuna. Nitidezza di calligrafia rende piacevole e agevole, ai giudici di un concorso per novelle, la lettura del manoscritto, inviato da Poe. E il premio di cento dollari è decretato all'autore. Non basta. Uno degli esaminatori, John Kennedy (oh, ricordiamolo bene questo nome: è il nome dell'uomo, che spianò la strada a un poeta di genio!), riesce a procurare al vincitore ventisettenne un posto nella redazione di una rassegna di Richmond e uno stipendio, che inebria Edgar di gioia e gli consente di portar via seco la zia Clemm e di sposare Virginia, benchè questa abbia appena quattordici anni.

Ma, anche in piena felicità, una tristezza ammonitrice grava sull'anima di Poe e lo spinge a scrivere a Kennedy: «La mia situazione è, per molti aspetti, gradevole: e tuttavia mi sembra, ahimè!, che nulla possa più, ormai, darmi piacere o una pur minima contentezza. Voglia scusarmi, caro Signore, se troverà molta incoerenza in questa lettera. I miei sentimenti, oggi, sono davvero lamentevoli. Soffro di un accasciamento, come non ne ho mai provato uno uguale. Ho lottato invano contro l'influsso di questa melanconia. Sono infelice, e ne ignoro il motivo. Mi consoli, se può. Ma si affretti a farlo, o sarà troppo tardi..... Mi provi che è necessario ch'io viva.....mi persuada a compiere ciò, che occorre compiere... abbia pietà di me».

I sentimenti di Poe sono presentimenti. Pochi mesi trascorrono. E, improvvisa al pari della fortuna, sopraggiunge la sventura. Edgar, licenziato dalla rassegna, si trova di nuovo sul lastrico.

Qualcuno gli aveva scritto: «Credo fermamente che tu sia sincero in tutte le tue promesse. Ma, Edgar, ho motivo di ritenere che, se tu rimetterai il piede in quelle strade, le risoluzioni s'involeranno e le tue labbra si tufferanno di nuovo nel liquido sino a farti perdere i sensi. Affidati alle tue sole forze, o sei perduto!... Fuggi la bottiglia e i compagni bevitori!». Lettera di onest'uomo che, guidato dal buon senso, comprende e prevede le altrui debolezze, ma ignora l'inutilità dei consigli e degli sforzi per vincere le tenebrose leggi della fatalità. Se Poe fosse stato una creatura normale, l'onest'uomo non avrebbe avuto neppur bisogno di scrivergli. Bastava, di viva voce, in un colloquio amichevole, un accenno all'indecorosità dell'ubriachezza ed alle probabili e irreparabili conseguenze di questa. Ma Poe era una creatura d'eccezione, con una volontà troppo saltuaria ed a scatti e con un assillante continuo imperioso desiderio di buttar via, almeno per un attimo, la cappa di piombo d'un temperamento schivo d'ogni realtà quotidiana. I mediocri, eh sì!,sono sempre propensi a trarre materia di letizia dal mondo esteriore e ad interessarsi dei nonnulla, che costituiscono la vita normale. Chi abbia, invece, un'anima popolata di sogni e una sensibilità dolorante ad ogni rude o brusco contatto, deve necessariamente chiedere a un illusorio nepente l'oblìo di sè stesso e il colpo di bacchetta magica, che spalanchi le porte del regno della gioia.

*

Poe è, dunque, di nuovo nella miseria. Il suo carattere irrequieto e impulsivo non gli fa trovar requie nè sosta in alcun luogo e lo spinge di città in città, assieme a Maria Clemm, fida consolatrice, e alla delicata Virginia, più che moglie, amante ideale, immortalata, poi, nella lirica Annabel Lee.

Brevi sprazzi di fortuna illuminan l'ombre tetre di quegli anni di vagabondaggio allucinato. Un manuale di conchigliologia, raffazzonato per trarne un pò di guadagno, ottiene un esito editoriale, che nessun libro di Poe avrà, lui vivente. Una lunga serie di articoli, ora irruenti e feroci, ora entusiastici e gonfi di elogi, desta la curiosità americana e procura allo scrittore il titolo di «principe della critica». Una sfida criptografica sbalordisce il pubblico, mettendo in rilievo le formidabili facoltà mentali del decifratore. La collaborazione in una rassegna di Filadelfia aumenta la tiratura di questa da ottomila a cinquantamila copie. Infine, il poema Il corvo rende celebre, di colpo, Edgar Poe e lo fa diventare, per qualche tempo, l'autore preferito e vezzeggiato della società new-yorkese.

Nonostante tutto ciò, Poe è messo alla porta dalla rassegna, che a lui doveva il miracoloso sviluppo, e sostituito, per colmo di scherno, dal bieco pennaiolo Rufus W. Griswold. E l'altra rassegna, quella, ch'egli vorrebbe fondare, vagheggiata da anni come un gran sogno da tradurre in realtà, non trova appoggi, se non letterarii. E i volumi di Poe non si vendono. E le sue conferenze raccolgono solo un pubblico incuriosito dalla bizzarra esistenza e nomea dell'oratore; e fruttano, allo stringer dei conti, molte amarezze, ma ben poco denaro. Ah, poeta incorreggibile, che ti ostini a parlare di poesia e di cosmogonia a una folla d'uomini d'affari!

Anche la speranza di un impiego governativo dilegua con la rapidità, con cui è sorta. Quale e quanta speranza! «Ciò, ch'ella mi dice dell'impiego nelle dogane», scrive Poe a un patrocinatore, «mi rimette in vita. Nulla potrebbe corrispondere meglio ai miei desiderii. Se riuscissi a ottenere un simile posto, sarei in grado di condurre a termine tutti i miei ambiziosi progetti. Esso mi libererebbe da ogni preoccupazione per i mezzi d'esistenza e mi darebbe il tempo di pensare, cioè di agire.» Ingenuamente, egli crede che le persone, con le quali deve mettersi a contatto per sollecitare l'impiego, siano illuminate dal criterio superiore, indispensabile a vagliare le azioni altrui e a far indulgere ai difetti, se compensati da pregi. E pomposo e, a volte, un po' ebro (oh, poco poco: quel poco necessario perchè la fisionomia assuma un'espressione meno triste, meno repulsiva per gli uomini normali, così pronti a subire il fascino della disinvoltura e della gaiezza!) si presenta innanzi agli individui autorevoli, che potrebber difendere la sua causa e ottenergli un posto comodo e uno stipendio, unico mezzo per vivere e scrivere senza l'assillo del bisogno. Nobil poeta illuso, egli crede di aver prodotta una forte impressione: e non sa che i personaggi autorevoli, dopo averlo trattato con benigna condiscendenza e accomiatato con una stretta di mano, torceranno il grifo con nausea e rideranno dei suoi panni lucidi e delle sue arie di principe spodestato!

Ma il cruccio più amaro è dovuto alla difficoltà di far accettare dalle rassegne i lavori letterarii e, se anche questi siano accolti, di ricavarne un compenso non umiliante. Oggi, un manoscritto di Poe vale somme rilevantissime. E, tuttavia, lo stesso Corvo gli fu pagato, in vita, dieci dollari. E nessuna rassegna di Londra volle stampare la novella Gli occhiali, se ben presentata ed elogiata da Dickens. E una rassegna americana, ricevuto Il cuore rivelatore, scrisse: «Se il signor Poe accondiscendesse a inviare articoli più pacati, sarebbe un collaboratore desiderabilissimo.»

Sì, veramente! Nel martirologio di Edgar Poe (messia, che non ha lasciato nessun testamento per la semplice ragione che non aveva soldi neanche per pagare il notaio), si narra di un editore, il quale, dopo aver amichevolmente rimprocciato all'autor di Ligeia la sua testarda e insanabile originalità, gli preconizzava fior di quattrini purchè si acconciasse a fare della letteratura usuale, secondo il gusto e le bramosie del pubblico grosso. Sì, veramente: l'eterna questione eternamente affiora. Oggi, come ieri. Anche oggi, Edgar Poe, rinascendo, salirebbe lo stesso calvario: e le rassegne dell'un mondo e dell'altro continuerebbero ad accogliere i suoi lavori come un dabben uomo accoglie un pugno in un occhio. Bisogna ubbidire alla moda, han sempre detto e diranno sempre le rassegne, adattarsi alle consuetudini e, sovra tutto, non sventolar mai, innanzi all'ombroso lettore, il fazzoletto rosso del genio. Sistema comodissimo per chi, senza ingegno nè arte, maneggi la penna del letterato come taglierebbe stoffe nelle botteghe o peserebbe il chinino con le bilance esatte delle farmacie. E comodissimo, anche, per i direttori di rassegne e per gli editori, i quali, seguendolo, non devono lambiccarsi il cerebro per giudicare sul merito di una novella o di un libro, ma possono sparagnar tempo e fatica annusando semplicemente la merce e poi, se essa odori di letteratura di moda, gettandola, senz'altra formalità, nella macchina distributrice non di godimenti estetici, bensì di salsicce e salami.

Com'è buffa, sempre, la moda! Quella odierna, per esempio, ricorda La bottega da caffè di Goldoni. Non è, il pubblico, un don Marzio seduto innanzi al piccolo caffè veneziano? I suoi sguardi si sollevano fino agli sporgenti tetti delle case, ma ignorano quel che c'è al di sopra: il cielo. Il suo pensiero sfarfalleggia attorno agli omettini e alle donnette, che trotterellan per la strada o s'affacciano alle finestre, ma diverrebbe irto come un porco-spino se udisse qualcuno affermare che quei fantoccetti, vestiti da maschi o da femmine, son pieni solo di crusca e, a pungerli, si svuotano in un batter di ciglia. Insomma, questo pubblico, don Marzio redivivo, non s'interessa se non delle piccole gesta di piccole creature umane, che rappresentano, di fronte all'umanità, quel che rappresenterebbe un effimero volo di bolle di sapone paragonato con la vertiginosa eterna corsa delle sfere celesti. E, anzichè mostrarsi stufo arcistufo, non è mai stanco di sentirsi raccontare e ripetere che la signorina tale ha messo tre anni, tre mesi e tre giorni, poveretta, per comprendere che l'amore è come il pane imburrato, al quale, se fai tanto di dargli due buoni colpi di lingua, non rimangono più nè sapore nè burro, e che la signora talaltra ha il cuoricino simile a una spugnetta avida d'imbeversi non di passione (la passione, per carità!), ma di carnali esperienze e di succolenti capriccetti.

*

Poe ha trovato un nido, nel paesello di Fordham: una casupola di legno, con una veranda lunga quanto la facciata. A pianterreno, c'è una stanza grande, con quattro finestre, e una piccola cucina. Un'angusta scaletta conduce alle camere del piano superiore: l'una somigliante a una scatola, destinata a Maria Clemm; l'altra, soffocata dal tetto in declivio, per gli sposi. Rustico nido. Ma che spettacolo, dalla veranda! Pini e cedri, su creste rocciose; e vallate, cosparse di villaggi, e ampie distese di prati, sin laggiù, sino al lontano azzurro mare.

Il solitario nido ignora le insidie degli uomini ma non può sottrarsi alla tragica ostilità del Destino. La dolce compagna di Edgar, Virginia, muore etica. E il poeta, gravemente ammalato, non può opporsi all'iniziativa di una sottoscrizione pubblica, che lenisca la sua estrema miseria, nè difendersi da invidi avversarii, lieti di coglier la stupenda occasione per cuoprire di ingiurie un uomo di genio.

Guarito, Poe volge gli occhi d'attorno onde cercare un appoggio, un conforto. È rimasto così solo, nel mondo! Ed è circondato da tanti livori, da tanti odii! Solo le donne scrittrici lo guardano con simpatia. La sua natura cavalleresca e romantica non dettò articoli elogiativi per le loro opere? Una, in particolar modo, gli rivolge il sorriso promettitore dei conforti spirituali, di cui il tormentato poeta ha così grande bisogno! Si chiama Sarah Whitman, è vedova, vive eccentricamente e scrive versi. Una letterata puro sangue! Che soave umiltà, nelle sue prime lettere a Poe: «Benchè il mio rispetto per la vostra intelligenza e la mia ammirazione per il vostro genio m'inducano a sentirmi, in vostra presenza, una bimba, saprete certo che sono molto più anziana di voi.» Ma qualcuno, nell'ombra, vigila perchè il poeta non ottenga sollievo ai tristi ricordi e al doloroso isolamento; qualcuno scrive a Griswold: «Conosci Sarah Elena Whitman? Certo, avrai notizia del suo prossimo matrimonio con Poe. Mi è sembrata una brava donna: e tu sai bene chi è Poe... Capisco che una vedova di età matura sposerebbe non importa chi, purchè non fosse un negro... La signora Whitman non ha amici, che sian conosciuti arche da te e che possano chiaramente spiegarle il fenomeno Poe?».

10

Certo, Griswold pennaiolo questi amici deve essersi affrettato a cercarli. E la sentimentale poetessa deve averli ascoltati con sempre maggior condiscendenza. Tant'è vero che, presto, nascon dissensi fra lei ed Edgar, e la soglia della sua casa comincia ad esser vietata all'inquieto sognatore implorante un poco di pace. La tenera Sarah diventa sempre più crudele. E, con mal celata superbietta, descrive sul taccuino intimo (quale poetessa non ha un intimo taccuino?) le conseguenze della sue crudeltà: «Dopo una notte di delirio frenetico, egli tornò il domani da mia madre in uno stato di forte sovreccitazione e di grandi sofferenze mentali, dichiarando che la sua felicità, in questo mondo e per l'eternità, dipendeva da me... Non avevo mai udito nulla di così terrorizzante: terrorizzante sino a raggiungere il sublime. Egli mi salutava come un angelo inviato per salvarlo dalla perdizione.» Passa qualche tempo in un'alternativa continua di rinnovate speranze e di bruschi licenziamenti. Infine, tutte le speranze cadono, improvvisamente. Sarah, tenendo un boccetta d'etere sotto il naso per non svenire come una donnicciola qualunque, ha detto di no, per sempre. Oh, le letterate!

L'amicizia spirituale di una fanciula, Annie, la dolce sorella Annie, lenisce le pene di Poe e lo aiuta a dimenticare il tempestoso idillio. Ma gli inspira, anche, una presaga poesia: il funereo canto Per Annie.

«Grazie al cielo, questa crisi

minacciosa è svanita

e la lenta malattia

è, per sempre, finita

e la febbre, a nome «vita»,

è vinta, finalmente.

Sono privo d'ogni forza,

lo so bene, e ho compreso

di non potermi più muovere

mentre giaccio disteso.

Che importa? Cadde ogni peso.

Sto meglio, finalmente. »

Canto funereo. E, tuttavia, il cielo, quasi volesse schernire con un'ultima illusione l'impenitente sognatore, si rischiara di colpo. Tutte le apparenze fan credere che la dolorosa odissea sia terminata e che la fortuna sorrida di nuovo e definitivamente. Il grande ideale, perseguito per lunghi anni, la rassegna «Stylus», ove Poe potrà esplicare senza impacci la sua operosità di artista e di critico, è in procinto di trasformarsi in realtà. E una donna di Richmond, conosciuta e amata nei tempi della fanciullezza, Elmira, acconsente a sposare il poeta stanco e bisognoso di quiete. Poe parte da Richmond per recarsi a prendere Maria Clemm, fida amica e madre, che presenzierà indulgente alle nuove nozze di Eddy. Ma, nonostante le promesse del cielo e della fortuna e dell'amore, egli è tormentato da foschi presagi. «Parlava di sè come di un'anima perduta, senza speranza di redenzione», dice un testimone di quei giorni. E Poe stesso scrive, rabbrividendo «La mia tristezza è inesplicabile.»

Tre giorni passano. Ma, all'alba del quarto, Maria Clemm riceve una fulminea notizia. Edgar è morto, di delirium tremens, nell'ospedale di Baltimora: il 7 ottobre 1849.

Subito dopo, comincia la gazzarra della stoltezza e della malignità. Tutti gli scrittori mediocri, tutti gli untorelli della penna si strizzano il picciol cerebro per trovare e sfrecciare contro il sublime scomparso gli epiteti più trafiggenti. I meno astiosi lo chiamano «scellerato di talento», «scandaloso mostro del mondo letterario», «maiale di genio». E l'ineffabile Rufus W. Griswold compie una «immortale infamia», scrivendo una denigratrice biografia di Poe, che precederà la raccolta postuma delle sue opere.

Giusta vendetta delle creature mediocri. Non era, egli, un uomo di genio? E non aveva, quindi, la doppia esistenza, la doppia personalità, così incomprensibili e intollerabili per l'individuo normale, che ama solo le situazioni chiare e le anime semplici? Troppo complessa appariva, invece, l'anima di Edgar Poe. Tanto complessa, ch'egli non fu mai compreso neppure dagli amici più intimi: e a molti estranei sembrò una persona inquietante, cinica, quasi demoniaca; e a molti altri parve un uomo tranquillo, generoso, benevolo e cortese fino all'eccesso; e da qualcuno fu definito, sin anche: «modello di virtù famigliari e sociali.»

Aveva, sì, una doppia personalità. Nonostante l'orgoglio imperioso (ch'era piena coscienza di un valore misconosciuto), nonostante i luminosi sogni di gloria, si abbandonava alle seduzioni della notorietà effimera, perseguiva con accanimento il successo volgare. Pur sapendosi così superiore agli altri da non poter ammettere l'esistenza, nell'Universo, di qualcuno ancor più grande, ricercava la compagnia degli uomini più comuni e ad essi ed agli amici della taverna rivolgeva, con entusiasmata foga, discorsi degni di un uditorio di poeti. E sempre, con chiunque conversasse, si prendeva terribilmente sul serio. Colpa imperdonabile per chi, con i pannicelli della modestia, cuopra le ambizioni della mediocrità.

«Io sono supremamente pigro e prodigiosamente attivo, per accessi», scriveva, di sè, Poe. E, come nel lavoro letterario, così in qualunque altra sua manifestazione. Sin anche il volto pallido e serio diveniva, a sbalzi, animato e infiammato: e mostrava, nei contrasti violenti fra la dolce melanconia dello sguardo e la piega sardonica delle labbra e l'imperiale atteggiamento del volto, in pari tempo affilato e massiccio, i profondi contrasti dell'anima.

Come avrebber potuto, gli uomini mediocri, fra i quali Edgar Poe viveva, comprendere e giustificare l'enigma di uno spirito troppo ampio per rinchiudersi nelle strettoie della morale comune, di una genialità troppo esuberante per modificarsi, sia pur col volger degli anni, e per adattarsi alle ipocrite esigenze della vita normale? E chi, se non un altro uomo di genio, avrebbe compresa l'eccessività di una natura così squisitamente sensibile? Dovevano, dunque, apparire veramente sbalorditive e, fors'anche, comiche le spaventose depressioni, causate da inquietudini passeggere o da una temporanea impotenza a scrivere, e le esaltazioni frenetiche, dovute magari a una semplice frase di elogio, e le continue incoerenze di un'anima sempre vacillante tra sconforti cupi e fanciulleschi entusiasmi, tra misantropici disdegni e folli desiderii di gioia. Eccessività. L'uomo di genio che, allettato da un paradiso artificiale confortatore d'ogni tristezza, non cessava di bere se non quando gli mancavan le forze, era lo stesso uomo che, avvolto nel vecchio mantellone di soldato, passeggiava per lunghe ore sotto la veranda della casupola campestre, meditando i supremi misteri dell'universo e costruendo mentalmente il poema cosmogonico Eureka.

Gli americani, stupefatti e indignati, dícevan di lui ciò che la letteratoide Sarah Whitman volle ripetergli, un giorno: «Ha grandi facoltà intellettuali, ma nessun senso morale.» Solo qualche ingegno superiore intravide la sua possanza e s'affacciò sul mistero della sua anima. E Longfellow, lo scrittore dilaniato da Poe nella serie di articoli intitolata, appunto, La guerra di Longfellow, sollevò un poco il velo e intuì una parte della verità, affermando: «Non ho mai potuta attribuire la violenza delle sue critiche se non all'irritazione di una natura sensibile, inasprita da qualche vago sentimento d'ingiustizia». E Lowel, inchinandosi nobilmente e onestamente, gli scrisse: «Stroncami pure a tuo beneplacito; ti leggerò sempre con uguale rispetto e con maggior soddisfazione di quanta mi procurin le molte lodi, che ricevo».

*

La mediocrità, se ben si osservi, è, in fondo, apollinea: non vuole contorsioni nè sbalzi nè squilibrii. Per questo, trova solo nell'arte apollinea un valore facilmente ravvisabile e non ostico, anzi degno di un rapido consenso. Ed ha, con gli artisti apollinei, un magnifico punto di contatto: l'invidia. Oh, il livore del bellissimo Iddio greco verso il trasandato rivale! E che triste condanna, quella pronunciata da Apollo vincitore contro il vinto Marsia! Se la sfida di Marsia fosse apparsa, alla prova, il frutto di una presuntuosa vuotaggine, egli avrebbe ottenuto, certo, compatimento e serbata intatta la pelle. Ma Apollo dovè intuire nel competitore una forza, cui il tempo avrebbe donato ala e ampio volo. E il poeta invido scagliò la sentenza.

13

Amara sentenza, nella quale si rispecchia l'eterno dissidio fra due opposti temperamenti. Nè tanto doveva cuocere a Marsia di sentirsi scuoiato, quanto di vedere il tronfio avversario assistere, con un disdegnoso sorriso, al supplizio. E indubbiamente, se le pene del corpo non avesser tramortita l'anima, egli avrebbe rivolte al crudele Immortale parole immortali. «Oggi tu vinci, o Apollo», avrebbe detto «ma, domani, anch'io trionferò nella memoria degli uomini. La tua tunica linda e la tua mente serena e la tua vita e la tua arte, armoniche del pari, modellate del pari secondo i dettami di una legge di ben composto equilibrio, cui gli eccessi e gli scuotimenti e le depressioni e le esaltazioni ripugnino e piaccian solo le acque scorrenti chiare e musicali tra fioriti e ben definiti argini, tutto ciò, insomma, che ti rende apollineo, ha dato un ancor più intollerabil risalto alle mie vesti trascurate e al mio tumultuoso ingegno e alla mia esistenza e alla mia arte ugualmente prive di freno, di limitazioni e di serenità. E gli uomini che, amando la compostezza e la proporzione, odiano quasi con furore gli sregolamenti e gli squassi, hanno decretata a te, apollineo, la gloria e a me, dionisiaco, il martirio. Ma se tu vinci nella vita, io vincerò nella morte».

Questo avrebbe detto Marsia. E avrebbe, forse, soggiunto: «Che vale, o bellissimo Iddio, il plauso del volgo? Perchè costringere i nostri desiderii e i nostri amori e dolori entro gli angusti confini delle costumanze ammesse o tollerate? Perchè, a evitare le piccole noie, procurate dalla moltitudine se alcuno la offenda nelle sue consuetudini mentali o carnali, rinunceremmo alle grandi gioie dello spirito e della carne? Non sei, tu, un immortale? Perchè, dunque, il giudizio dei mortali ti preme a tal punto da costringerti a imitarli negli atteggiamenti calmi e nei modi corretti e nei moti ben regolati onde sopraffare me, dionisiaco irruento e ribelle, e importi alla loro ammirazione? Ma ecco ch'io, morendo, ti raggiungo. Ecco che tu, donandomi la morte, mi schiudi la gloria».

E forse Apollo, se Marsia avesse parlato, si sarebbe raccolto, pallido, in una meditazione assillata dal dubbio. Ma nessuna parola fu pronunciata. E Apollo e Diòniso continuano a guardarsi in cagnesco. Antagonismo buffo: e, tuttavia, irrimediabile. Come potrebbero, i dionisiaci discendenti di Marsia, ottener venia agli occhi di Apollo e dell'apollineo mondo dei mediocri? Non infrangono, essi, di continuo la legge che, emanata appunto dal Dio greco, regola questo mondo mediocre? L'ira e la tristezza sono le compagne del loro spirito; l'audacia e la foga straviziatrice sono le guide del loro corpo. Passano, silenziosi e orgogliosi, tra le genti chiacchieratrici e subdolamente modeste: e il loro orgoglio suscita l'altrui livore; e la loro taciturnità dolorosa o pensosa offende la vacua allegra loquacità. Passano, di furia, cercando di raggiungere la formidabil chimera della gloria, di avvinghiarla, di soggiogarla con la gagliarda impetuosità del lor temperamento, che non conosce imbarazzi di usi e di mode e di convenienze nè legami di scuole.

Ma la gloria, regal femmina, vuol sedurre e non esser sedotta: perciò, contende ai dionisiaci il bacio, da lei stessa offerto, con spontaneità, agli apollinei. Come non darle ragione? Come dar torto a una donna bella e sensuale, che l'ebro vagabondo irrida e prescelga, per il proprio giaciglio, l'uomo apollineo armato d'ogni grazia e d'ogni dolcezza? E come potrebbe, il mediocre mondo, non consentire in questa scelta e non piegarsi, al pari della donna, innanzi a chi rappresenti, quintessenziate, le virtù idolatrate dal mondo? S'erge, dunque, l'apollineo, a incarnare l'assioma «La virtù sta nel mezzo». In arte, egli crea con Petrarca rime musicali e squisite o svolge con l'Ariosto dilettevoli trame, ghiotto pasto per i buongustai, o costruisce con Manzoni architetture ben equilibrate nella materia e nello stile, nello svolgimento delle linee e nella distribuzione degli ornati. Non conosce i sobbalzi e gli ardori di Dante o del Tasso o di Foscolo o di Edgar Poe: ma, appunto perchè rifugge dalle passioni violente, è più amato da un'umanità schiva e priva di passioni violente. Nella vita, poi, l'apollineo è specchio d'ogni perfezione. Lungi dall'abbandonarsi ai focosi stimoli dei sensi e dell'anima, con saggia pacatezza e con ferreo volere li guida e li tempera, incanalando ogni pensiero e ogni azione fra le dighe, elevate dalla mediocrità per difesa di sè stessa contro ogni rischioso eccesso, contro ogni tentazione sovvertitrice. E la mediocrità, ravvisando nell'apollineo le virtù, da lei predilette, prontamente gli incorona di lauro la fronte.

E tuttavia, anche i dionisiaci, spento con la morte lo scandalo della vita e ottenuta venia, col tempo, per le arditezze e la possente originalità dell'arte, strappano il plauso a coloro stessi che, esterrefatti spettatori dello scandalo e tardi apprezzatori dell'originalità, li avean considerati, per l'addietro, come lebbrosi. No, i dionisiaci non sono lebbrosi. Ed hanno, in fondo, un solo torto: di non esser mai contemporanei.

Il dionisiaco poeta non vive mai all'epoca giusta. Eppure, quasi sempre, è l'uomo più rappresentativo della sua epoca. Anche Poe, nato da una razza amalgamata e, tuttavia, intenta a foggiarsi i caratteri di una stirpe nuova, fu senza volerlo e senza saperlo, per una feroce ironia del destino, l'uomo più rappresentativo di quella medesima folla, da cui era ignorato o spregiato. Ma non il popolo d'emigranti, raccolto nei vasti confini degli Stati Uniti d'America e ancor sbalordito per il brusco distacco dalle antiche origini e dalla madre patria, riuscì a scorgere nel poeta maledetto le qualità essenziali della stirpe in formazione: e neppure si avvider di ciò i biografi, fosser essi acrimoniosi cronisti come Rufus W. Griswold o entusiasti poeti come Baudelaire. E, tuttavia, le bizzarre caratteristiche di quel popolo giovane e vecchio ad un tempo appaion così nitide e definitive nell'opera letteraria di Poe, da sembrar come segni di fuoco, tracciati a dirigere i primi passi di una razza verso le ultime mète. Bizzarre caratteristiche: ed armi ben foggiate per la vittoria. La mistificazione, rendendo gli uomini attoniti, non li induce forse, meglio di qualunque altro richiamo, a volger gli occhi e gli animi verso il mistificatore? E il paradosso non è il colpo d'ala, che fa raggiungere fulmineamente, nella vita e nell'arte, le vette più inaccessibili? E il canard e il bluff e tutto ciò, insomma, che nel linguaggio comune si chiama «americanata», non rappresentarono, forse, un elemento essenziale sia della rapida ascesa degli Stati Uniti sia dell'arte di Poe? Col volger dei tempi, ottenuta la vittoria e placati, quindi, gli stimoli, la mistificazione e il paradosso si trasformarono da strumenti istintivi in strumenti ragionati, sino a divenire una formula, nella vita pratica come in letteratura: formula drammatica con Francis Bret-Harte, comica con Mark Twain. Ma Edgar Poe viveva agli albori della civiltà americana e, creando un'opera, nella quale si rispecchiavano forze ancor tumultuanti e primitive, dovea lasciare che queste si sviluppassero non fra i calcolati argini del dramma o della commedia, bensì oltre ogni strettoia, con epica ampiezza.

*

Per questo, per questa stessa ampiezza fuor d'ogni regola e d'ogni controllo, le qualità di Poe, come uomo rappresentativo, sfuggirono agli sguardi dei suoi contemporanei e dei biografi.

Eppure, com'è americano lo scrittore che, in quei lontani tempi, per dare salde basi alla progettata rassegna «Stylus», formulava l'idea di una società fra i dodici maggiori letterati, che s'accaparrasse e dominasse il pubblico: trust vero e proprio, ma in anticipo! Com'è americano il novelliere che, fondendo assieme arte e commercio, costruiva le facezie L'angelo del bizzarro e L'uomo senza fiato per battere la gran cassa a qualche prodotto industriale! Com'è americano lo spirito mistificatore, che suggerì a Poe tanti colossali scherzi e lo stimolò a comporre addirittura un Saggio sulla mistificazione!

Il diario di Giulio Rodman, giornalista inviato a esplorare le Montagne Rocciose fra le insidie dei pelli-rosse, La traversata dell'Atlantico in pallone, resoconto di un avvenimento favoloso per quell'epoca, in cui l'aereonautica era ancora in fasce, La scoperta di von Kempelen, alchimista moderno occupato a fabbricar oro artificiale, La rivelazione mesmerica, tuffo nel tenebroso regno dei fenomeni medianici, La filosofia della composizione, atroce beffa di un poeta avido di raggirare il mondo e, anche, sè stesso, stupirono profondamente il pubblico degli Stati Uniti e s'imposero per un momento alla sua credulità. Nessuno scrittore di altra razza avrebbe potuto creare queste gigantesche mistificazioni. E nessuno scrittore avrebbe potuto, al pari di Edgar Poe, presentarle con caratteri di verità così suggestivi e, in pari tempo, raggiunti con tale spontanea semplicità di mezzi.

Anche l'amore per il paradosso è qualità fondamentale del popolo americano e fulcro dell'opera artistica di Poe. E come il «bluff», nel mondo affaristico della giovine razza desiderosa di aprirsi una strada, diveniva realtà pratica, così le paradossali concezioni acquistavano, nelle pagine del geniale scrittore, consistenza di verità assoluta. Oggi, siamo avvezzi alle audacie scientifico-utopistiche degli imitatori di Poe, da Verne a Wells, da Villiers de l'Isle-Adam a Carlo Dadone. Ma esse non ci consenton mai di toglierci dal campo del fittizio e del fantastico, dall'atmosfera della letteratura, anche se questa sia destinata, come accadde per l'ingegnosissimo Verne, a tradursi, poi, in realtà di scoperte scientifiche. Con Edgar Poe, le cose procedon diversamente. La sua arte di donar colori di naturalezza all'assurdo era tale, da trarre ognuno in inganno. Anche questa è vera virtù americana: virtù, per la quale il paradosso è concepito e formulato con così esperta meticolosità, con così stringenti argomentazioni, da apparire non fantastico, ma solidamente reale. Per comprenderne la forza convincitrice, basta leggere, per esempio, La verità sul caso del signor Valdemar. Ogni frase è calcolata per l'effetto finale e onde dare a questo l'indiscutibile apparenza del vero. Attraverso un resoconto giornalisticamente semplice e trasandato nella forma, scrupoloso nei particolari, svolto come una rete sempre più fitta, sempre più catturante, il paradosso mistificatore si sviluppa con una tale naturalezza e con una logica così ferrea da non far dubitare, neanche per un attimo, che ci troviamo, anzichè nel mondo dei fatti, nel regno dell'immaginazione. La minuzia del resoconto, sciorinato con placida indifferenza di giornalista avvezzo a non meravigliarsi di nulla, e il susseguirsi di episodii, tutti possibili se non probabili, non ci porgon modo nè agio di soffermarci a controllare le nostre impressioni, a indagare se vi sia tranello. E il brusco scioglimento ci sorprende così fulmineo, da non permetterci di ragionare sovr'esso. Per un attimo, lo vogliamo o no, abbiam creduto a quel corpo di uomo ipnotizzato in punto di morte, che si trasforma rapidamente in putredine sotto l'opera risvegliatrice del magnetizzatore: per un attimo, lo vogliamo o no, siamo rimasti vittime della mistificazione.

Ma il desiderio del paradosso, in un temperamento sensibile ed eccessivo, si risolve sempre in un amore per l'assurdo in sè, per il mistero, qualunque esso sia. E l'anima irrequieta di Poe, la sua natura di profondo analizzatore, bramoso di risolvere i problemi più difficili e più astrusi, dovevan necessariamente spingerlo a non accontentarsi di semplici giuochi mistificatori, ma a volgersi con ardore verso i regni più inesplorati del mondo umano e trascendentale.

Anche qui, ritroviamo in Poe i caratteri della sua razza. Egli possiede, difatti, in sommo grado, la massima virtù americana, l'abbagliante luce che rischiarò il cammino agli Stati Uniti: la facoltà, ossia, essenzialmente pratica del calcolo, che permette di risolvere qualunque difficoltà teoretica e, ben adattando i mezzi allo scopo, di trasformare la teoria in realtà. Poe era troppo privo dell'arma più efficace nella lotta per l'esistenza, la volontà, e, inoltre, seguendo i propri sogni di poeta, troppo disdegnava il mondo reale per poter trarre frutto, nella vita quotidiana, da questa sua virtù di calcolatore. Ma, a differenza degli scrittori di altre razze, egli non fu soltanto un letterato: fu un uomo che, quando circostanze speciali lo esigevano o lo consentivano, abbandonò il campo astratto dell'arte e passò, senza sforzo alcuno, nel campo concreto dei fatti. Allorchè componeva Lo scarabeo d'oro, basandolo sovra l'interpretazione di un criptogramma, che rivelerà l'esistenza di un tesoro sepolto nella foresta, Poe era un novelliere. Ma era un uomo pratico, un analizzatore pronto a risolvere problemi reali allorchè, nel «Graham's magazine», affermava di poter spiegare qualunque criptogramma e decifrava veramente tutte le innumerevoli scritture a chiave e a segreto, inviate da ogni parte degli Stati Uniti in risposta alla sua sfida orgogliosa. E allorchè scriveva Il doppio assassinio di via Morgue e La lettera rubata, creando il personaggio del poliziotto dilettante Augusto Dupin, progenitore dei Lecoq e degli Sherlock Holmes, era un novelliere intento a schiarire con l'analisi i complessi enigmi fabbricati dalla sua stessa fantasia. Ma era un meraviglioso indagatore della realtà allorchè, nel Mistero di Maria Roget, trasformava un delitto, effettivamente avvenuto, in una trama di racconto e additava il colpevole, rimasto sino a quel momento nell'ombra nonostante le ricerche della polizia, o allorchè, nel Giuocatore di scacchi di Maelzel, con acuto e stringente raziocinio rivelava l'esistenza di un trucco e la cooperazione della mente umana nel giuoco dell'automa, da tutti ritenuto un semplice meccanismo, e non solo affermava che il fantoccio era manovrato e diretto da un giuocatore in carne ed ossa, benchè invisibile, ma additava sin anche il nascondiglio di questo.

Infaticabile ricercatore d'ogni mistero, Poe volge la propria attenzione non solo verso il mondo dell'anima umana, bensì pure verso il mondo fisico, esplorando i liquidi abissi di un vortice oceanico con Una discesa nel Maelstrom, l'enigma del Polo Sud col romanzo Avventure di Arturo Gordon Pym, i segreti della vita lunare con L'impareggiabile avventura di un certo Hans Pfaal, e l'intiero universo col poema cosmogonico Eureka.

Ma, qui, un altro elemento, prettamente poetico, entra in giuoco, a dar ali più grandi all'analisi: la fantasia. Meravigliosa fantasia, dolce e prepotente amica, che con morbide dita duramente ci avvinghi per trarci fuori dalle stagnanti acque della realtà e trasportarci rapida verso i tumultuosi oceani del sogno! Non hai necessità, tu, di teorie einsteiniane nè di volanti cocchi per attraversare il tempo e lo spazio e sopprimerli. E un tuo bacio, rovente sigillo sovra il nostro gelido volto di uomini, basta per far crollare, attorno a noi, le alte monotone muraglie della vita giorno-per-giorno e le saracinesche, elevate da una scienza beffarda tra le nostre limitate possibilità e i nostri desiderii infiniti. Per te soltanto, o fantasia, noi dimentichiamo i nostri impacci e le nostre abiezioni di creature di carne e ci consoliamo di esistere. E il tuo bacio, distruggendo il tempo e lo spazio, ci trasforma in Iddii.

Ed ecco che, guidato da te, il poeta esplora i misteri del cielo e della terra. Passano, accanto al suo volo veloce, i globi di fuoco degli astri, roteanti fra abissi di tenebre, e ondulan veli di nebulose, stringendosi con lunghi brividi attorno ai lor nuclei d'oro, e sfreccian comete, sferzandolo per un attimo col vivo barbaglio della lor coda di scintille. Poi, stordito da quel pellegrinaggio fra mezzo a una ridda di giganti, il poeta ripiomba sul piccolo mondo terrestre per chiedere al Tempo emozioni meno violente di quelle, offertegli dallo Spazio. Ed ecco che, percorrendo a ritroso le epoche, egli vede risorger dall'acque lo spetro di un passato scomparso senza lasciar traccia alcuna di sè. Innanzi agli occhi smarriti l'Oceano si apre, lasciando sbocciare una vasta distesa di luminosi continenti. E, dapprima, appare l'Atlantide con le sue città dalle porte d'oro e con i suoi rossigni abitatori: e sembra un immenso ponte proteso fra le terre dei rossigni egizi e le contrade, ricche d'oro, degli aztechi. Quindi sorge la Lemuria, incastrandosi nelle profonde insenature dell'India: e i suoi bruni abitanti mostran le stesse feroci subdole pupille dei selvaggi pirati degli arcipelaghi rimasti sovra la superficie dell'acque come ultimo segno di monti inghiottiti per sempre.

Quante cose, o fantasia, tu rievochi! E l'uomo, pur sbiancando di paura, ti ama e chiede di continuo il tuo aiuto. Questo amore e questa richiesta non si manifestano, forse, sin dalla prima infanzia? Le manine del bimbo, tese verso la buona nonna perchè racconti una fiaba, e gli occhioni sgranati mentre si parla degli orchi cattivi e delle fate protettrici non sono, forse, i primi segni del desiderio? E, più tardi, la nostra avidità di scorrer pagine, ove si narrin viaggi in terre lontane e avventure fra genti ignote, che altro significa, se non l'istintiva tendenza ad abbandonare il mondo della realtà quotidiana per il regno della fantasia? Che importa se i viaggi e le avventure rappresentino un'altra realtà? Quelle terre sono lontane e quelle genti sono ignote. Ciò basta perchè il sogno possa liberamente tesser la propria trama aerea, festonando contrade ed uomini come la neve festona i secchi rami degli alberi.

Ma, alla fantasia di Edgar Poe, non sono sufficienti i mondi noti ed ignoti. Travolto dalla curiosità, egli penetra arditamente nei misteri dell'oltretomba, aprendo vertiginosi spiragli con la Conversazione d'Eiros e Charmion, ove divampa il cataclisma, da cui la nostra terra sarà annientata, col Colloquio tra Monos ed Una, che segue passo per passo la creatura avviata dalla vita alla morte, con I ricordi di Augusto Bedloe e con Metzengerstein, suggestive indagini sulla trasmigrazione dell'anima, con Possanza della parola, ove, slanciandosi con audace ala a traverso l'infinito, egli strappa all'eterno enigma il segreto della creazione delle stelle.

*

Ma l'anima del poeta è come l'anima del fanciullo. Anche i bimbi ascoltano avidamente le narrazioni di misteri impersonati in evanescenti figure di fate, in orridi ceffi di orchi, e poi, fra le tenebre, nella solitudine del lettuccio, rabbrividiscono a ogni soffio di vento, che scuota le imposte delle finestre, a ogni bussare di tarlo nei mobili. Un'anima molto sensibile, che indaghi il Mistero, non può sottrarsi alle insidie del terrore. Ma qui, in questo morboso campo di creazione artistica, ci troviamo, appunto, di fronte alla maggiore, alla più intima originalità di Edgar Poe.

Egli è terribilmente moderno. La sua opera rispecchia i tempi nostri in ciò, ch'essi hanno di tragicamente tenebroso, nella spaventevole conseguenza di una vita troppo movimentata e troppo intensamente vissuta: la nevrosi. Poe è il pioniere di questa insondabile malattia, che tormenta l'umanità moderna, raffinata e in pari tempo logorata dalla cultura enciclopedica, dal progresso materiale e dalle febbrili preoccupazioni di un'epoca sempre più assetata di scoperte scientifiche e pratiche, le quali possano sempre maggiormente agevolare e, quindi, accelerare il ritmo dell'esistenza. Per questo, l'arte di Poe dominerà la letteratura modernissima e influirà sovra i poeti sommi, da Baudelaire a Swinburne. Prima di lui, lasciati da banda gli scrittori mediocri, come Anna Radcliffe e Lewis, un solo autore aveva tentato di penetrare nel segreto dell'anima moderna, irrequieta e nevrotica: Hoffmann. E se volessimo istituire un esame critico fra le opere dell'americano e del tedesco, troveremmo il ciclo delle novelle più ossessionate dell'uno, da Morella alla Rovina della casa Usher, preconizzato nel Violino di Cremona e nel Maggiorasco dell'altro, e la stessa teoria del demone della perversità, inspiratrice del Cuore rivelatore e del Gatto nero, già formulata nella Chiesa dei gesuiti.

19

Ma, in arte, non si tratta tanto di derivazioni, quanto di affinità spirituali. E la catena d'influssi, che unisce Hoffmann a Poe e Poe a Leopardi, non foggia un albero genealogico, ma addita uno sboccio di rami fratelli sul grande tronco di un'epoca storica. Inoltre, Hoffmann e Poe, ugualmente sinceri, vivevano in ugual modo i tormenti e i terrori, descritti nelle novelle. E l'uno e l'altro avevan, del pari, bisogno di dolci mani femminee, che calmassero il lor spasimo interno. E, a traverso l'opera letteraria dell'uno e dell'altro, noi assistiamo del pari ai sobbalzi e alle vibrazioni di anime irrimediabilmente sofferenti. Bagliori vividi solcan le pagine, arroventandole; singhiozzi di cherubini in esilio si elevan da sconosciuti abissi, accompagnando i tremuli suoni di un'arpa, toccata dall'alito del dolore. E il fantasma di noi stessi, evocato da labbra ignote, fugge tacito fra muraglie di tenebre, cennandoci perchè lo seguiamo.

L'originalità di Edgar Poe è indiscutibile. E, tuttavia, fu completamente ignorata dagli americani di quei tempi, nè valse a evitare al poeta maledetto la taccia di plagiario: vano tentativo di pigmei desiderosi di dar lo sgambetto a un gigante. Perchè, questo? Ecco. Sotto la mia finestra, una sera, è passato, cantando, un gruppo di avvinazzati. Cantavano tutti, con molta foga, convinti di possedere, nella gola, un tesoro: ma le voci eran rauche, i versi sbagliati e le stonature continue. D'improvviso, gli ubriachi tacquero. Dall'ombre del viale, un'altra voce, solitaria, si sviluppava in un canto pieno di dolcezza e di musicalità vera. Gli ubriachi, per qualche minuto, ascoltarono, quasi sopraffatti dallo sbalordimento: poi, non volendo tollerare più oltre l'ingiuria, con fischi, beffe e risate soffocarono quella voce proterva, che aveva osato interrompere la loro melopea di Zulù. Ugual cosa accade in ogni manifestazione della vita. I passerotti, riuniti in crocchio pettegolo tra le fronde degli alberi, seguono con sguardo sprezzante l'altissimo volo dell'aquila; e le lumache, drizzando le lor viscide corna, inturgidite come i bargigli di un galletto iroso, ridono a crepapancia delle corse folli dei cervi. Non c'è proprio niente da fare! La mediocrità ama la mediocrità e scrolla le spalle innanzi alle creature d'eccezione, non tanto perchè offesa dalla loro superiorità, quanto perchè non riesce a comprenderle. Nell'esistenza quotidiana, l'uomo generoso e pensoso è irremissibilmente travolto dalla bituminosa marea degli egoismi e del vaniloquio: e, nel mondo dell'arte, l'uomo di genio, per raggiungere la vittoria, deve lottare molto più a lungo e ben più duramente dell'uomo semplicemente d'ingegno. Perchè i savii dovrebbero aiutare un pazzo ad aprire, nelle boscaglie, un sentiero nuovo, mentre c'è la strada maestra ampia, comoda e soleggiata? Ma i savii, così pensando, dimenticano che le penombre della foresta offron ristoro e gioia agli occhi ed all'anima e che la strada maestra, invece, offre solo polvere e fango.

Il pubblico americano tollerò e, qualche volta, forse amò Poe per le sue virtù americane, per lo spirito mistificatore e paradossale e per la forza d'analisi e di calcolo, non certo per la sua opera veramente originale, dolorante di nevrosi e inspirata dal desiderio di guardare, faccia a faccia, il Mistero e assillata dall'inseparabil compagno del mistero: il terrore.

Il terrore: vera fonte dell'arte più personale di Poe. Tuttavia, questo stato di terrore è, dapprima, considerato al pari del mistero stesso, che lo produsse: cioè, come un oggetto d'indagine e una materia di raffigurazione artistica. Ed ecco scaturire dalla penna dello scrittore le numerose novelle, ancora relativamente oggettive, in cui il brivido è ancora fuori delle carni e dell'anima di chi racconta: Il re Peste, orrendo quadro di un bagordo d'ubriaconi delinquenti fra l'imperversare del morbo letale; Il sistema del dottor Catrame e del professor Piuma, ove l'impazzito direttore di un manicomio convita un ignaro viandante a un banchetto di mentecatti; il Manoscritto trovato in una bottiglia, che ci trasporta sovra un vascello fantasma e tra un equipaggio di morti; Il seppellimento prematuro, con lo spasimo dell'uomo che si sveglia, o crede, entro la bara; Il pozzo e il pendolo, col delirante terrore di una creatura, condannata dall'inquisizione di Spagna al più raffinati tormenti spirituali; La maschera della Morte Rossa, col folle carnasciale nel palazzo del principe Prospero, interrotto dall'apparire della purpurea maschera della morte più ripugnante.

Ma ben soggettivo, ben scaturito dallo stesso allucinato cervello di Poe è il terrore, espresso nelle sue migliori novelle. È Poe, veramente Poe il protagonista del Convegno e di Silenzio e di Ombra e di Morella e di Berenice e di Ligeia e della Rovina della casa Usher: novelle, che rappresentano tragedie interiori, stati d'animo sotto l'ossessione della grande nevrosi. E L'uomo delle folle non è, forse, Poe, Poe in persona, che segue sè stesso, e inutilmente, per scuoprire la segreta faccia del proprio tormento? E William Wilson, l'opera più soggettiva fra tutte, non è l'esasperata raffigurazione della tragedia, che squassa l'anima dello scrittore? In William Wilson, però, l'ossessione diventa così intensa e così intollerabile, da dar luogo a un violento gesto liberatore, a un impulso omicida che sopprime, sì, l'incubo, ma nel medesimo istante sopprime anche la terrorizzata vittima di questo. Siamo giunti, così, alle novelle più parossistiche, nel buio regno del demone della perversità. Il terrore si è trasformato in orrore e la tragedia intima, tuffandosi nel sangue, è divenuta tragedia esterna.

Poe, anche qui, non dimentica d'essere un autore americano. Stimolato dal desiderio di analizzare e di rendere evidenti, reali, quasi palpabili i fantasmi della sua anima allucinata, egli s'addentra a spiegare in che consista questa perversità, a definire con precisione quasi scientifica questa forma di nevrosi come uno stimolo prepotente e invincibile, che costringe a compiere un'azione appunto e solo perchè quest'azione non dovrebbe esser compiuta. Ma il gesto impulsivo trova la propria condanna nella stessa nevrosi, da cui fu inspirato. I protagonisti di Cuore rivelatore e del Demone della perversità, eseguito con fredde cautele il delitto, pur sapendosi al riparo da ogni sospettoso sguardo e da ogni pericolo sono inesorabilmente spinti dalla loro eccitata sensibilità a confessare, urlando, la colpa. Ma, se questa confessione espiatrice manchi, lo spaventevole miagolio del Gatto nero, di dentro all'introvabile sepolcro scavato nella muraglia, interviene come la voce stessa, eschilea, del Fato.

*

Edgar Poe è, anche, un grande scrittore umorista. Ma, per comprender bene l'ampiezza della sua arte, in questo campo, occorre chiarir qualche equivoco. Molti battezzano per umorismo le acrobatiche pagliacciate degli scrittori parigini così detti «gai»; altri, in buona fede, parlan di un'arte scettica, cioè di una cosa assurda, poichè un temperamento scettico potrà sbozzolarsi nel giornalismo o nella critica o nella letteratura inferiore, non mai nell'arte vera. Cerchiamo, dunque, di raccapezzarci, immaginando d'esser comodamente sprofondati in un poltrona di teatro, la nuca abbandonata in posa languida sullo schienale. Il sipario si apre: e, con esso, si schiude una magnifica occasione per mettere alla prova e conoscere, infine, il nostro proprio temperamento. Se quelle brave persone, che si muovono e discorrono fra scenarii di tela dipinta, appariranno ai nostri sguardi come creature viventi di un'esistenza non fittizia, se le passioni, ch'esse esprimono, ci daranno una certezza di realtà, potremo affermare, senza tema di smentite, che il nostro è un temperamento lirico. Se, al contrario, gli occhi discerneranno la buca del suggeritore e la sottil linea d'ombra, che divide la parrucca dalla fronte degli attori, recitiamo pure il confiteor e dichiariamoci scettici. Ma, attenti a non cadere in un inganno! L'anima lirica e la lagrimuccia, caduta giù da due oneste ciglia, non sono ancora poesia, come non è affatto umorismo il sorriso, che ha sfiorato le labbra mentre il degno Shylock fingeva di strapparsi i peli di una barba prolissa quanto posticcia. E dunque? E dunque, lo scetticismo diventerà arte solo se sarà tramutato, da gelido sterpeto di raziocinii, in viva fiamma di sentimenti. E se l'azione scenica e lo stesso nostro scetticismo saranno da noi sentiti come un'allegra beffa, la nostra penna emulerà quelle di Aristofane e di Rabelais; e se la beffa ci darà la profonda amarezza, che si prova guardando, dopo un roseo sogno, la bigia realtà, diventeremo un Luciano o un Voltaire; e se, infine, un urlo di sacra collera prorromperà dal nostro cuore deluso, potremo esser certi di diventare, presto o tardi, un Giovenale o uno Swift.

Ma c'è un temperamento in cui, come l'olio sull'acqua, lo scetticismo galleggia sovra un fondo lirico: e i due elementi, fusi assieme, creano la suprema arte umorista, dal Don Chisciotte al Sogno di una notte di mezza estate, dal Viaggio sentimentale di Sterne a Orione di Ercole Luigi Morselli.

Edgar Poe è maestro in tutte queste varie forme di umorismo. Acrobatici giuochi di risate appaiono le sue burlesche novelle La settimana con tre domeniche, Gli occhiali, Sei tu il colpevole. Una melanconia amara, velata fra trame di sorrisi, inspira Il filosofo Bon Bon, Miss Psiche Zenobia e una gran parte dei Marginalia. E un'ira, mal rattenuta sotto la maschera sghignazzante, arde in novelle come Quattro bestie in una, Il diavolo nel campanile e Discussioncella con una mummia.

Ma Poe trova in altre opere la maggior espressione del proprio umorismo di lirico. Egli è come un viandante, che proceda nell'afa meridiana. Attorno al pellegrino la terra, riarsa, apre innumerevoli bocche, mostruosamente scontorte, per tentare un respiro multiplo, che allevii il soffocamento, o, forse, per chieder pietà: e le erbe son fulvo pelame, rastrellato e schiacciato contro il suolo dal pettine dell'estate; e le piante mostrano il desolato scheletro dei rami scricchiolanti sotto la stretta del sole. Il viandante, quasi abbacinato, si avanza. Ha gli sbarrati occhi della paura, ha i tesi nervi dell'incubo. Che cosa riluce dovunque, nel cielo e sui campi? È sabbia o è polvere d'oro? E questo esasperato stridìo, che si diffonde dovunque, nell'alto e nel basso, è frinir di cicale o è la stessa ebra voce dell'ora cocente? Ma ecco. Da un invisibile gigantesco vulcano traboccan, laggiù, nembi tenebrosi e scaglian violenti la lor tetra ovatta a riempire dapprima l'orizzonte lontano e, poi, tutta l'affocata cupola di quel frammento di mondo. Nel buio, striato da lampi, le cicale tacciono: ma le bocche, aperte nella terra, si dilatano ancor più, sempre più mostruose, a implorare un sollievo per l'inestinguibile sete.

L'uragano s'è dileguato. Che ampio respiro, nei polmoni del cielo! E con quale spasimo voluttuoso i rami degli alberi e le erbe e le zolle placan l'interna arsura imbevendosi a poco a poco di fresche gocce di pioggia! Anche il viandante prova la dolcezza di quel refrigerio. Non è, egli, una piccola parte del vasto mondo? E le sue carni inaridite non hanno bisogno, per rivivere al pari delle piante e delle zolle e dell'erbe, di un lavacro che le disseti e deterga gli occhi dall'ombre della paura e plachi i nervi, tesi dall'incubo? Troppo profonda è, tuttavia, la dolcezza, e troppo intenso è lo spasimo voluttuoso. L'uomo sente che ogni cosa, lì intorno, rinasce: e gli par d'essere il terriccio e lo sterpo che, dopo aver provato il tormento plumbeo della sterilità, si abbandonano, ora, alla gioia di rivivere.

Troppa gioia! Troppo spasimo! Chi, nelle lande arsicce dello scetticismo, riceva il possente lavacro della lirica, non può dar sfocio allo spasimo e alla gioia se non con una delirante risata. La stessa risata, che stride sulle labbra di Hop-Frog, mentre la sua fiaccola folle brucia e ravvisa il plumbeo monarca.

*

La fiaccola folle non cadde, a spengersi sopra il freddo suolo, ma fu raccolta da un altro scrittore: Villiers de l'Isle-Adam. E l'opera dell'umorista francese completa quella dell'umorista americano, come la vita dell'uno illumina ancor più la vita dell'altro. «Endurer pour durer», fu il motto di Villiers e il simbolo del suo martirio. Sopportare per rimanere! Non è lo stesso motto di Poe? Ma quale santo o qual poeta scioglierà alla Pazienza un inno degno di questa sublime virtù, che accompagna l'uomo di genio nel suo doloroso calvario e lo accomuna col penso asinello, così mal conosciuto e misconosciuto dal mondo? Anche nel mistero cristiano, un profondo simbolismo assegna una parte essenziale al ciuco, fedele amico di Colui, che dalla vita dovea ricevere la maggior somma di delusioni e di dolori e dalla morte la maggior luce di gloria. Pazienza, bordone per i passi stanchi, raggio di sole per l'anima ottenebrata, non a torto tu fosti proclamata prerogativa del più orecchiuto, ma del più disdegnoso fra gli animali, dagli ancor più orecchiuti seguaci della beffa stolida e superficiale! L'assiomatica irritabilità dei poeti, trastullo retorico d'ogni studente di liceo, non è che l'apparenza effimera, sotto la quale si cela, appunto, la pazienza. Ed io so che, salvo

23

poche eccezioni, dovute a capricci della sorte, le creature superiori trangugiano intiera la coppa del fiele prima di sfolgorar dal lor Golgota: io so che Dante dovè, chiusi gli occhi per sempre, attendere che il patrocinio di un Boccaccio gli aprisse la via al trionfo: so che Cervantes dovè veder, vivo, il suo Don Chisciotte interpretato come un libro di amena lettura e, solo dopo morte, sorridere amaro della troppo tarda ammirazione: so che la grande Elisabetta e il buon pubblico londinese doveron considerare Shakespeare come un semplice piacevole istrione, e stupirebbero, oggi, se, tornando al mondo, lo scorgessero circonfuso di gloria. La parodia del «genio incompreso», pur essendo una graziosa burattinata ad uso e consumo degli scrittori mancati, ha profonde radici nella realtà: e gli stentati alberelli dei superuomini in miniatura altro non sono se non i labili segni di una legge eterna.

Ed ecco ancora un uomo di genio, che trascorse inosservato la propria esistenza e oggi, scomparso da anni dal buffo palcoscenico del mondo, si drizza gigante sovra le più alte vette dell'arte: Villiers de l'Isle-Adam.

Nacque, egli, a Saint Brieuc, in Bretagna, il 7 novembre 1838 e, dopo gli splendori e le gioie di un'adolescenza idoleggiata dai famigliari e sorrisa dalle agiatezze, condusse l'umile miserabile vita del suo fratello spirituale: Edgar Poe. Ma, dentro il cuore, custodiva la rifulgente memoria degli avi crociati e, nell'animo, un sogno, che trascendeva ogni realtà. Gli scapigliati caffè parigini videro questo impenitente nottambulo avvicendare le ebrezze di una sfrenata improvvisazione, in crocchio di amici, con le ebrezze, oh come tremende!, dell'alcool. E gli scrittori mediocri e morigerati storser le labbra sdegnosi; e i cittadini pacifici gridaron l'anatema o volsero altrove gli sguardi. Non sapevan, però, gli uni e gli altri, qual tesoro si celasse in quell'ometto timido e irruento a sbalzi, femmineo a dispetto del pizzo alla moschettiera e dei baffi spavaldi, ingenuo nei chiari occhi azzurri, aspro e doloroso nella piega ironica delle labbra, trasandato nelle vesti, ma nobilmente scrupoloso e accurato in tutto ciò, che toccasse la sua maggiore amica e nemica: l'arte. La chioma lunga e bionda, di continuo rigettata all'indietro da un consuetudinario gesto della mano fine, di donna o di abate d'altri tempi, era così piena di luce, da non dover temere i contatti con le tenebre o, peggio, con la greve atmosfera delle bettole affumicate. Ma gli uomini non vedevan la luce: gli uomini, ancora nauseati ed offesi dalla vita buia di un altro genio luminoso, scorgevano in Villiers, come avevan scorto in Carlo Baudelaire, un inseguitore di nuvole e di chimere, un perdinotti inutile, e forse nocivo, per una società ben ordinata e regolata.

Solo zia Kérinou (o «più che madre» indimenticabile, Maria Clemm di Edgar Poe!) seppe, unica per anni, comprendere gli entusiasmi e le speranze e la fede del poeta. Poi, altri, pochissimi, si avvicinarono, tendendo le mani: primi, Baudelaire e Wagner. Poi, ma col lungo volger del tempo, qualche giovane si soffermò, ammirando: Verlaine, Maeterlinck; grandi nomi! E il poeta maledetto divenne caposcuola delle nuove generazioni. Ma la vita continuò a mostrarglisi dura: lo scoppio della guerra tra Francia e Germania soffocò fragoroso le nascenti voci di simpatia; e un morbo, rampollato dalla miseria e dagli stravizi di un temperamento eccessivo, sopraggiunse a travolgere nei gorghi della morte, il 18 agosto 1889, la spoglia corporea e a consacrare alla gloria l'arte di Giovanni Maria Mattia Filippo Augusto conte di Villiers de l'Isle-Adam.

Un solo amore, da giovinetto; qualche preziosa amicizia; molte ammirazioni seminascoste (in ritardo, quest'ultime); nessun episodio chiassoso, nessun viaggio, se non per udire le opere Wagneriane. Esistenza, che può essere racchiusa in una frase. Ma l'ostinato sedentario, l'uomo che rifuggiva dagli spettacoli così detti poetici ed emozionanti (paesaggi, paesi: natura, mondo), non aveva bisogno di muoversi, non aveva bisogno di varcare la cinta della città per trovare spettacoli, per provare emozioni. Un intiero universo era nel suo cervello: un universo, che già conteneva quello reale, arricchito dalle visioni magnifiche di una immaginazione di poeta.

Un altro scrittore di genio viveva, in quei tempi, ignoto e ignorato. Ma, al contrario di Villiers, Ernesto Hello, il formidabile pensatore dal volto ecclesiastico, che passò a traverso Parigi provocando le risa dei molti col suo ingombrante ombrello verde di campagnuolo, balzava, leonino, a chiedere per qual motivo gli fosse contesa la gloria e sbalordiva vedendosi trascurato e non rammentava che le trombe della rinomanza facevano, in quegli anni, risuonare le vie del nome di Teofilo Gautier, un mortale, mentre il nome di Carlo Baudelaire, un immortale, germogliava ancora nell'ombra. Molti libri ho composti, diceva: per chi? per i tarli arabescatori e la polvere divoratrice, becchini e lenzuolo funebre dei volumi invenduti? E non sapeva, Hello, che le quercie tarde sono allo sviluppo, ma resistenti all'insidia dei secoli.

Villiers no, Villiers sapeva; e già aveva formulata la condanna dei contemporanei e costretto in quattro parole il destino dei proprii rari fratelli nello spazio e nel tempo, ruggendo sarcastico, fra due feroci sghignazzate: «Niente genio, sovra tutto!»

Il vero Villiers non è nelle pagine spirituali, solcate dai barbagli della fede e arroventate dalle fiamme della scienza occulta: non è nè in Isis nè in Asrael nè in Akédysséril. E non è neppure, sebbene, qui, la personalità si affermi con maggior risolutezza, nelle acqueforti della vita: in Le signorine di Bienfilâtre (Guy de Maupassant appare già lì, precorso, per intiero) o nei drammi. Per trovarlo veramente, per rinvenire il filone d'oro puro, un pò soffocato dalla pressione dell'influsso di Poe, maestro d'ogni spiritualità e d'ogni acquafortismo, occorre giungere ai migliori Racconti crudeli, al romanzo L'Eva futura e, sovra tutto, a Tribolato Bonomo.

Badiamo. Non bisogna chiedere a queste opere la risata di Voltaire o di Pulcinella: risata di letterato che, dal davanzale della finestra, contempli la piccola verità del mondo esteriore, ma ignori la grande verità racchiusa nel nostro mondo interno e, credendo di mostrarsi benefico verso l'umanità, distrugga con l'acido corrosivo dell'ironia i leggeri veli, distesi dall'illusione innanzi agli occhi degli uomini. Il poeta ride ben diversamente. Il poeta sa, per divina intuizione, che la verità obiettiva si risolve in una menzogna e che ogni velo, interposto fra i nostri sguardi e il mondo, ci aiuta a trovare in noi stessi la verità vera e a sopportare con minor disperato accoramento quelle fallaci: e perciò, appunto, se una furia d'uragano laceri le aeree trame tessute dal desiderio e spinga lui, tremebondo, a cozzare contro le deformi membra di una realtà denudata,

cuopre gli urli e nasconde i gemiti della propria anima con le sghignazzate di Swift e le
risate di Cervantes e le invettive di Dante. Così Villiers. La sua arma è il sarcasmo, non
l'ironia; poichè l'ironia è una pallida fiamma di alcool, ma il sarcasmo è il vivo incendio
del rogo, ove si straziano la carne stessa e l'anima del poeta. Oh, si sdilinquisca pure, e
frema di godimento, la critica, innanzi alla letteratura ironista, frutto di uno scetticismo
privo di luce! Arricci pure la bocca, questa occhialuta signora, davanti ad opere, nelle
quali il dolore, non potendo pianger liberamente, ha presa la tragica veste del sarcasmo
e la spietata maschera della satira: e, non riuscendo a romper con i molli denti la dura
scorza, che protegge la mandorla, tacci di grossolanità gli scrittori poeti! La critica è
miope: ma la gloria è presbite.

Che cosa rappresenta Tribolato Bonomo, se non la personificazione di un dolore, che
può rivelarsi solo, tanto è profondo e squassante, per mezzo della profonda satira, del
sarcasmo squassante? Il segreto di un'epoca imbevuta di positivismo, desiderosa, al
fisico come al morale, di una tranquillità, che non turbi i falsi orgogli per un falso
progresso nè le reali gioie di una laboriosa digestione, adoratrice, nella propria
mediocrità, del mediocre idoletto Buonsenso; il recondito pensiero moderno, insomma,
ha trovato un tremendo porta-voce nell'accorato poeta: e, pur subendo il destino delle
età di transizione, travolte irremissibilmente (uomini e cose) dalla lor nullità verso il
nulla, si è accaparrato nella storia, incarnandosi in Bonomo, un posto in piena luce.

Umorismo, dunque, rappresentativo di un'epoca: come rappresentativo di una razza è
l'umorismo di Poe. Quante affinità, nella vita e nell'arte, fra i due scrittori! E tuttavia il
poeta americano, genio più vasto, lasciò anche nella lirica pura, a differenza
dell'irrimediabilmente amaro Villiers, una traccia indelebile.

*

Come nelle migliori novelle, così nelle poesie di Edgar Poe il vero protagonista è
sempre lui. Anche qui, nella lirica, domina la grande nevrosi, col suo strascico d'incubi
e di terrori. E, accanto al poeta ossessionato e allucinato dallo spetro della morte,
riappaiono le evanescenti figure delle sue eroine predilette, di quelle donne che, pur
chiamandosi con i diversi e armoniosi nomi di Ligeia, Berenice, Ulalume, Lenora,
Annabel Lee, riproducono sempre un'unica donna illuminata dal più puro amore e
idealizzata dall'inesorabile morte. Poe lirico deve esser collocato a fianco di Leopardi,
poichè entrambi hanno cantato, come nessun altro, il dolore senza speranza e lacrimato
con spasimo uguale per la misteriosa legge, che dà profondità all'amore solo a traverso
la morte.

L'amore, sulla terra, è impossibile, piange Poe nella lirica Annabel Lee, inspirata dal
ricordo di Virginia, la sororale sposa scomparsa: è impossibile, poichè gli stessi angeli
del cielo, invidiosi di questa felicità umana, si affrettano a troncarla:

26

« Or sono molti e molti anni

- in un reame accanto al mare –

una fanciulla viveva,

che forse voi conoscete,

di nome Annabel Lee;

e la fanciulla viveva

con quest'unica sete

di amare

e d'essere amata da me.

Bimbi eravamo in quegli anni

- e in quel reame accanto al mare -

ma ci amavamo di un bene

ch'era assai più dell'amore,

io ed Annabel Lee;

era tanto questo bene

che agli angeli fè il cuore

tremare

d'invidia per essa e per me.

Ecco perchè, or son tanti anni,

- in quel reame accanto al mare -

una nube alitò un vento

gelido per la mia bella

mia bella Annabel Lee;

e chiuso fu il corpo spento

nella tomba più bella

sul mare,

lontano lontano da me».

Ma se la felicità non può esser raggiunta in vita, la morte deve apparire come una liberazione dal dolore. Questo è, appunto, il motivo lirico del poemetto Per Annie, che preannuncia I fiori del male di Baudelaire e si scioglie come un inno di gratitudine perchè la crisi, la febbre chiamata Vita, è scomparsa.

Ma la vita e la morte sono i due personaggi di un'immane tragedia: e dal loro cozzo nasce l'orrore. Ed ecco la raffigurazione di questa tragedia nel poema Il verme conquistatore. Ed ecco, infine, la lirica della disperazione, che non conosce tregua nè parola consolatrice: Ulalume, pellegrinaggio del poeta verso una vaga luce nebulosa, troncato dalla fredda sagoma d'un sepolcro su cui appare inciso, irrevocabile sentenza di dolore eterno, il nome della morta benamata Ulalume. Ed ecco il poema più famoso fra tutti: Il corvo. Qui, Poe si trova faccia a faccia col proprio destino: e il destino è nero corvo che, appollaiato sovra il bianco busto di Pallade, diffonde, nella silenziosa stanza, un'ombra sempre più ampia. I dolori e i desiderii, le speranze e i ricordi parlan con le labbra del poeta, rivolgendo all'uccello infausto l'eterna domanda. Dolori e desiderii avran quiete? E i ricordi potranno trarre conforto dalle speranze? E Lenora, l'amatissima, che riassumeva in sè ogni luce e, morendo, lasciò dietro di sè solo tenebre, rivivrà, in spirito o in carne, accanto all'uomo tormentato dalla solitudine? Ma il corvo risponde, con insistenza gelida: No, mai più! E ogni domanda cade nel vertiginoso abisso del nulla. E l'ombra del corvo si distende sovra tutta la stanza, come la disperazione sull'anima dei poeta.

Il corvo e le migliori poesie di Edgar Poe rappresentano vibrazioni di sensibilità, stati dello spirito, che si manifestano con le parole, ma togliendo a queste ogni peso di materia e aereandole sino a farle divenire lievi come suoni d'arpa. Così, per i colori, l'arcobaleno o un alone lunare, se confrontati con la massiccia fonte luminosa, dalla quale provengono. Lirica, che suggerisce senza spiegare e che, rifuggendo dal definitivo e dal descrittivo, adoprando l'immagine come un semplice ponticello gettato di tempo in tempo fra il sogno e la realtà, s'intesse solo di sfumature e di moti intimi e di musicalità, che è, pur essa, sensibilità. Delirio ebro, simile, per qualche aspetto, al delirio dell'uomo che, fermo sotto una nicchia, ove un mite volto di madonnina di pietra s'anima lievemente roseo al fievol barlume di una pia lanternina, parli e gestisca in un soliloquio altrui incomprensibile. L'uomo è fermo, ma parla veemente, in tòno ora aspro ora ironico, e gestisce violento, manifestando ora sprezzo ora collera. Magnifico d'orgoglio, afferma la propria personalità di fronte alla statuetta di pietra: ma anche di fronte alla notte e al cielo e al mondo creato e al Creatore. Non c'è, forse, entro di lui, tutto un mondo? Non è forse, egli stesso, un Iddio? Inebriato della propria forza, l'uomo attinge da questa l'audacia per ingigantire sino a riempir di sè l'universo. Ed è sublime e grottesco ad un tempo: ma non s'accorge d'esser sublime, e non si preoccupa di apparire grottesco. Sembra intieramente accaparrato dal colloquio con la silenziosa madonnina; eppure, se un'ala di pipistrello gli sfiori la guancia o un alito di brezza s'insinui a giocare tra i ciuffi dei suoi capelli scompigliati, sobbalza e guata bieco d'attorno e a volte urla di terrore come se avesse sentito il freddo fiato della morte. La sua impressionabilità è grande, infatti, al pari della sua personalità: l'una gli riempie il cuore d'ombre, l'altra gli riempie l'anima di luce.

Ma guai s'egli riprenda a camminare. Il suo passo vacillante rivela, subito, che la personalità era artificiosa e che l'impressionabilità era dovuta al demoniaco influsso dell'alcool.

E, tuttavia, quell'ubriaco avrebbe potuto proclamarsi fratello, almeno per un momento, del poeta lirico puro. Altri elementi concorrono a inspirare la tragedia e la tragicommedia, ma due soli bastana per la lirica: personalità e impressionabilità. Effetto dell'ebrezza nell'uomo alcoolizzato, questa sensibilità, spontanea in un temperamento di poeta, si nobilita divenendo, a sua volta, causa di una ebrezza maggiore e migliore: della ebrezza, piena d'ombre e di luci, che sfocia appunto nell'oceano, or cupo ora fosforescente, del lirismo. Ma nella voce rauca dell'ubriaco, per chi porga attento orecchio, si odon passare a ondate, malinconica parodia, le gioiose sonorità e i disperati singhiozzi del poeta.

Delicato strumento, barometro spirituale foggiato per registrare i più lievi mutamenti, il poeta lirico accoglie e incanala nella propria personalità il continuo afflusso delle impressioni esteriori come la montagna accoglie le gocce dell'acqua piovana per avviarle, in gorgoglianti rivoletti, verso lo scroscio del fiume. Si chiamava, ieri, Catullo: e cantava i sensuali amori e la purpurea vita di Roma dominatrice; si chiamava Rudel, e cercava turbolento di ghermire la maggior avventura fra il tumulto di un'epoca ricca d'avventure; si chiamava De Musset, e tuffava la propria inquietudine nel gorgo di una generazione inquietissima.

Poe era, anch'egli, un lirico. Ma era, anche, l'esule che guarda trasognato le sterili contrade offerte alla sua sete; era il pellegrino che, a piedi nudi, percorre un terreno irto di sassi; era l'orestiade, che fugge ululando, inseguito dalle furie del dubbio.

Triste destino, oggi, nascer poeti! L'umanità, straripando, immane fiumana, dagli argini, che la sorte le aveva costruiti, infuria contro tutto ciò, che le sembri d'impaccio al cammino, e travolge con folle gioia ogni opera d'arte, ogni segno di bellezza. Livellatrice feroce, essa scaglia le proprie onde contro ogni cosa, che emerga, e sghignazza sguaiata a ogni crollo. Ma, forse, sa d'infuriare contro sè stessa. Forse, in questa spietata distruzione dei valori, in questa corsa sfrenata verso la volgarità, c'è la febbre alta, la febbre della crisi, che segna il trapasso alla morte o il ritorno alla vita. E la lucida falce, che lavora incessantemente a eguagliare le anime, è, forse, la falce che abbatte l'erba perchè, nella nuova stagione, cresca più rigogliosa.

Ma, intanto, il poeta trema udendo giungere, sempre più vicino, sempre più minaccioso, il mugghio dell'acque. Ardito è il suo piede: e potrebbe aiutarlo a scalare vette infranabili, a salvarsi dalla ruina. Ma è un piede chiuso entro una scarpa fabbricata da uomini frettolosi: scarpa dozzinale, che si spacca se tu la costringi a salire.

Come poteva questa umanità, l'umanità moderna, comprendere l'ebro delirio del poeta? Solitario visse, dunque, Edgar Poe: tra grandi sogni. Ma, sebbene il suo temperamento di romantico lo spingesse a disincagliarsi da ogni tradizione e da ogni dogma, la sua raffinata natura di artista lo ricondusse sempre entro i confini della poesia pura che è, essenzialmente, armonia. Isolato nel mondo, egli fu e seppe rimanere un solitario, anche in arte. Per questo, la letteratura americana e il popolo degli Stati Uniti, così rifuggenti, l'una e l'altro, da ogni raffinatezza, poterono avere l'imperial dono di una lirica aristocraticamente eccezionale. Ma per questo, anche, la lirica di Poe è intraducibile. Il paziente bulino di Mallarmé ne rese, in parte, la squisita musicalità; l'intuitivo genio di Baudelaire ne riprodusse, in parte, l'intimo brivido. Ma nessuna versione rispecchia l'ebro delirio del poeta, che definiva la poesia come una ritmica creazione della bellezza e dichiarava il ritmo e la musica unici mezzi, a traverso i quali si possan provare le gioie estatiche di un mondo superiore a quello terreno.

Più tardi, il concetto di una sensibilità lirica espressa nei modi più impalpabili e inafferrabili sarà ripreso da Verlaine e formulato definitivamente nel verso

«De la musique avant toute chose».

Ma quanti anni dovevan trascorrere prima che il sublime poeta di La dormiente fosse proclamato principe della Lirica. E quanti più ne sarebbero occorsi se, a toglier Poe dalla bolgia dei poeti maledetti, non fosse intervenuto un altro scrittore di genio: Baudelaire!

E come incompleta e monca sarebbe la biografia dell'uno, se non parlassimo dell'altro: di colui che, sventurato e sublime del pari, dimenticò i propri crucci e nobilmente umiliò il proprio ingegno per tradurre e rivelare al mondo l'opera del maggior fratello nel tempo!

*

Nove aprile 1821: data formidabile. Il poeta della nuova Odissea nasce, mentre l'eroe della nuova Iliade si prepara, sovra un lontano scoglio, a morire. Il vasto tumulto epico, nel quale gli uomini eran stati tuffati dall'imperial cenno di Napoleone, dovea lasciare negli uomini, spegnendosi, il senso di stordimento pauroso, che segue lo scoppio della folgore. Ed è, appunto, questa sensazione di vuoto che, suscitando il desiderio di donar nuova ala a una vita smarrita fra tenebrori stanchi e scorati, crea i grandi pellegrini del mondo esterno e del mondo interiore Ulisse e Baudelaire. L'uno e l'altro inseguon sè stessi, fra le tempeste oceaniche o spirituali; l'uno e l'altro, dopo aver posto il desiderio a contatto con la realtà, intima o esterna, vagheggiano, per le lor delusioni di navigatori, un medesimo approdo: l'approdo in un mondo senza gente. E l'uno e l'altro appaiono come i supremi rappresentanti della disperata irrequietudine, dello stremante dubbio e dei delirii nostalgici, che s'abbatton sovra l'umanità quando l'anima sobbalzi fra le strettoie dell'involucro corporeo e l'esistenza sognata cozzi contro l'esistenza vissuta. L'eroe greco e il poeta parigino esprimono un uguale tormento: e la febbrile energia di Ulisse è solo in apparenza diversa dall'allucinata pigrizia di Carlo Baudelaire.

Pigro, sì, fu Baudelaire: pigro come tutti gli artisti, che racchiudono nel lor cranio un mondo più ampio di quello esteriore. La visione del di fuori giova agli interpreti, non ai creatori; è necessaria a chi, semplice specchio più o meno terso, più o meno sfolgorante di luce, compia una missione di osservatore e di descrittore, non a chi possieda entro di sè, Minerva balzante su al cenno olimpico, un intiero universo. Gli artisti sublimi non han bisogno di navigare tra i confini del mondo poichè la lor anima già ospita un mondo senza confini. Per questo, appunto, essi vivon silenziosi e incompresi fra gli uomini, e per questo, ahimè, cercan così spesso di sfuggire all'incubo atroce della lor solitudine e di accomunarsi con la rimanente umanità adottandone i vizi propinatori di un'ebrezza obliosa.

Glorioso e tremendo destino! Una stessa radice fa rampollare la forza, che permette a un Baudelaire e ad un Poe di esprimere, pur trascorrendo l'esistenza nel cupo monotono mondo delle città, le più luminose e varie e vaste visioni, e genera la debolezza, che all'uno dovea procurar la paralisi e all'altro il delirium tremens. Ma la mediocrità e la malignità, feroci abitudinarie beghine, condannan lo scrittore di genio ad attendere che la Morte e il Tempo, cancellando i difetti e avvezzando l'orecchio umano alle nuove voci dell'arte, assolvan l'uomo e rendan sacro il poeta. Edgar Poe ebbe, in vita, ben scarsi ammiratori. E il borioso Hugo e il garbato Lamartine e Sainte-Beuve paternamente bonario sarebber scoppiati dalle risa se qualcuno avesse lor parlato di un Carlo Baudelaire immortale. Ah, miserie! Colui, che al proprio legittimo orgoglio aveva offerta la formula conclusiva «Essere l'uomo più grande e dirselo in ogni momento», dovea, sul limitare tra la vita e la morte, guardar con occhio tetro il bilancio di un passato senza luce e, con un lungo sordo disperato singhiozzo, entrar nel regno dell'Ombre.

I fiori del male, le Lettere alla madre e Lo spleen di Parigi sono, anch'essi, un lungo sordo disperato singhiozzo. La nuova umanità, che s'affaccia sugli orizzonti ancor arrossati dalla vampa delle rivoluzioni e delle guerre, possiede una sensibilità acutizzata dal violento trapasso storico e dall'irrompere di desiderii, sino a ieri ignorati. Per placarla, bisognerebbe che il fuso ardente metallo di questi desiderii colasse senza ostacoli nello scabro stampo della realtà. Ma ad un desiderio più elevato corrisponde sempre una più bassa realtà: e dal contrasto fra l'ideale e il reale nascono, irrimediabilmente, l'esasperazione e l'angoscia. Il magnifico lirismo dei Fiori del male, con la sua sonora musicalità e il robusto inesauribil sentimento inspiratore, non è solo una manifestazione d'arte perfetta: è, anche, la profonda echeggiante voce del nuovo cruccio. Lirico puro, Baudelaire non conobbe i tragici squassi di Poe e di Villiers de l'Isle-Adam, nè potè trarre dai tempi rinnovati l'ampia satira della Discussione con una mummia o di Tribolato Bonomo. Ma le armoniose corde della sua arte, percosse dagli uragani sessuali, donarono agli uomini la più ricca e più straziante sinfonia dell'amore.

Oh, badiamo! Il blando amore-capriccio, infiorato di sorrisi, e il brusco amore-passione, imbevuto di lagrime, non hanno nulla in comune con l'amore nostalgico, che impregna di sè l'opera baudelairiana. Il poeta della sensibilità soffre non per la donna in genere nè per una donna ben determinata, ma perchè sa che l'ideale femminile è irrevocabilmente condannato ad infrangersi contro gli scogli della femminile realtà. Per questo, e soltanto per questo, egli chiede alle creature più lascive di elargirgli, tra le fantasmagorie e i sussulti tetanici del sensuale delirio, i sogni oppiati dell'illusione. Per questo, e soltanto per questo, il poeta, attingendo nella carnale realtà un lenimento per il suo idealismo incurabile, accoglie come supreme dispensatrici di gioia la vagabonda rossigna e l'ebrea prostituta e Giovanna Duval, insaziata e insaziabil regina di lussuria, e oppone un nauseato disdegno all'amore normale, offerto da Aglae Sabatier, la bellissima.

«Pellegrino cupo e solitario, frammisto all'onda della folla irrequieta», Carlo Baudelaire, pur barcollando sotto la croce dell'umano dolore, ha pronunciata, per i suoi fratelli spersi nel tempo e nello spazio, la parola divina e rincuoratrice: «Le cose terrene esistono appena: la vera realtà è soltanto nei sogni».